旅鰻

守屋明俊句集

ふらんす堂

目次

句集

旅鰻

平成三十年

七十句

初句会美智子雅子の名乗りあり

年玉や育ち盛りの兄妹

大磯　三句

寒苦鳥鳴くや西行とぶらへば

臘梅や剣菱を置く塞の神

磯暮れて寒九の酒は水の如し

まだ風に肌を許さず牡丹の芽

揚げパンの匂ひ道灌山おぼろ

花見椅子軍師の如く遠目して

名水に恥ぢぬくれなゐ落椿

水の国から火の国へ青き踏む

夕ざくら家鴨乗せたる貨車北へ

桜誉め欅誉め母誉め上手

花むしろ二人がかりで払ひけり

海胆食べて海胆の匂ひの吐息かな

晩年の戯《たわ》言《ごと》しゃぼん玉飛ばす

老若の竹の相聞端午かな

葉桜を揺らしてパンタグラフ過ぐ

神鏡に納まりきれぬ若葉かな

尼寺跡にうたかたの雨杏の実

時の日の過ぎゆくままに泉湧く

土砂降りのあとの夕焼け佃島

中腰の兜太と笑ひ合ふ金魚

門付の如し鉄扉に蟬歌ふ
魂に囁かれたる端居かな

林間学校星見る仮性近視の子

伐り出せし丸太を運ぶ避暑の村

水鉄砲大のおとなが子を的に

時彦の百人町の百日紅

日航機事故のあの日や真菰刈る

会津へ　十三句

帰省駅野馬追弁当義父へ買ふ

「必ずスターになる」帰省列車に刻み在り

阿賀川の難所

虻飛び交ふ銚子ノ口の渦の前

旧越後街道盆の馬刺売る

西会津国際芸術村

除染土で描きし泥の絵夏休み

芸術村打ちたる虻も一オブジェ

みんみんに続くかなかな夜明けたり

敗戦日何吊るでなく蔓垂れて

かなかなや無縁同士の墓傾ぎ

終戦の日も缶叩き雀追ひ

湧く雲に明日を占ふ早稲の花

戊辰百五十年目の流れ星
流星のお流れ会津大吟醸

ちちははへ特別仕立て釣船草

蓮の実を穴の数だけ拾ひけり

秋の航鞄にドロップ缶と星

木の実降る神経院の坂がかり

空箱の赤きＬＡＲＫに木の実降る

焼き秋刀魚酒量落ちたる者同士

子規の忌の月見バーガー子規と食ふ

チェロ運ぶ車輪滑らか仲の秋

里山や吹かれてあをき稲ぼこり

稲扱きの埃や日矢をさかのぼる

ジャン・ギャバン映画週間雁渡る

桐一葉母にジャムパン置いて出る

からたちの実に陽の灯る夕ごころ

背中掻く両手の触れし良夜かな

僕だけがスマホ見てゐず秋の暮

蛇瓜に秋冷の頬撫でられし

一つづつ亀に石在る月夜かな

大花野ナウマン象を包みけり

秋風に乗ること覚ゆ鳶の子

鳥貝を握つてもらひ秋惜しむ

どぶろくや六道に立つ山頭火

ご老人大き熊手を担へ銃

盛岡　二句

ちやんがちやがうまこの詩碑に雪は降る

石川啄木新婚の家

明治より続く底冷え四畳半

命日の父がぽつかり柚子の風呂

未来図編集長を辞す

俳誌編むことを了へたり年忘

先生と富士讃へ合ふ年忘

遠富士にふたたびの雪日記買ふ

平成三十一年・令和元年

五十句

正月を忘れし母へ昼の蕎麦

駅伝の小田原中継所に水仙

手毬より聞えてきたる手毬唄

もう聴けぬ炉ばなし市原悦子逝く

あふれ出る言葉は力薬喰

鰤大根骨の髄までちうと吸ふ

オムレツに一つ足らざる寒卵

谷保村の旧七草の寒さかな

投げるものなくて氷片子ら投げる

落日が鬼の目を射る追儺かな

啓蟄や饂飩へトッピングの竹輪

湧き水の撥ぬるところの草萌ゆる

追ひ焚きの如き晩年木の芽晴

三月やたましひと酌む浦霞

病床の鍵和田秞子先生

地球青し花の嫗のほほゑみに

現し世の恩讐を超え青き踏む

混沌の夜や若鮎の山椒煮

花に鳥母へヤクルト少し買ふ

若芝のホース水得てとぐろ解く

どの人と酌みても独活の酢味噌和

雹降りしあとの星空修司の忌

視野を蝶流れて消えて今日始まる

目高散る首都東京の靴音に

竹皮を脱げばいつでも飛べる空

万緑を隠れ蓑とし家一つ

一芝居打つがに飛んで蝙蝠は

鬼百合に身を投げ出され古稀近し

わが行方樟脳舟に波高し

夏蝶や目には青葉の素堂の碑

よく来たと胡瓜出荷の手を休め

威銃一発八月十五日

西瓜あり溺死横死之霊の前

会津柳津

哲学堂

哲学をかき混ぜてゐる群れ蜻蛉

哲学の哲は父の名月祀る

敬老日伊那のお多福豆母へ

秋冷や焦がすほど焼くパンの耳

鶏頭の脈を取らせてもらひけり

ピラニアの魚拓逃げさう水の秋

「未来図」創刊三十五周年

澄む秋の叩けば響く未来図門

草田男の兜太汀女の曼珠沙華

二つ目のおむすびに梅水の秋

天高し高しと仰ぐ神の杉

一つづつ寸志のごとし藁ぼつち

子規庵発夜汽車の座席みな鶏頭

神の留守皇帝ダリア即位せり

紀伊國屋書店を歩く大熊手

吉良役の離さぬ火鉢吉良祭

虚子の名が出て来ず叩く炬燵かな

年取の鰻おこはを先生へ

あをあをと葱ふくらます光かな

令和二年

六十二句

寺町に五厘刈りの子花の春

枯芝踏む若くはないが旅新た

悼　笹島正男さん

初泣きやふふふめば辛き浦霞

令和二年一月五日

新型コロナウイルス

マスク真白オセロの如く増殖し

春近し幸せ売が夢に立ち
涙ほどあたたかき雨春を待つ

巣箱新ししろがねの蝶番

啓蟄や天地息づく草虫図

薺咲く鼠は樋を駆け上る

鳴くんだぞ鶯餅を先生へ

菱餅搗く赤も緑も意のままに

熱々の伸し餅冷ます雛の間

菱餅を越えし津波の三月来

浦安の浅蜊や剝いて焼いて食ふ

からたちのいたいたしさの中に花

ささやかな火なれど滾る甘茶釜

灌仏の感染予防手を洗ふ

春の夜の無言宅配ピザの授受

草に寝て流離果て無し石鹼玉

蟄居するひとりの時間かたつむり

花いばら微熱の母の帰されし

黒にんにく食べて見えざるものに処す

逡巡の末の直線蜷の道
純白にたぢろぐ齢カラー咲く

木の精を呼ぶででで虫といふ呼鈴

ががんぼが一句ぶら下げ来りけり

透明になつた気がするサングラス
サングラス越しの三千世界かな

宇宙斯く歪に蛍籠を編む

籐寝椅子父の全盛期の熱海

悼　鍵和田秞子先生

病葉に戦火の色を学びたり

令和二年六月十一日

落蝉の通夜に月光間に合はず

宇野千代のパジャマの母や明易し

父の日の二杯目は亡き父として

鳴り龍をそそのかしたる蟬時雨

志半ば空蟬にも成れず

水無月や水の都の水饅頭

夕立にてんやわんやの古き樋

谷保天満宮

童子言ふ「また油蟬死んでゐる」

童女言ふ「滝を見るのは初めてよ」

玩具ではないと気づく子大西瓜

西瓜切るとき鼻唄の止まりけり

十五夜の光へ返す言葉なし

密会はむらさきを着て鳥兜

白雲の落してゆきし木槿かな

柿紅葉その色に暮れ富士染めし

竜胆も買へばよかつた父の墓

一粒の葡萄を母へ賽の目に

一炊の夢かてらてら月夜茸

籠り居の窓は流れ星の劇場

二つ三つ置けば手が伸び早生蜜柑

揉む肩の硬さ伝はる夜長かな

富士初雪噴火ごころを宥めたる

ひよんの実を誰も鳴らせず句会果つ

二の酉へ錦玉子の店を過ぎ

好日や稚なき松も菰を巻き

未来図の最後の小春日和かな

飛梅の冬芽うすうす新誌編む

母の目の前で沸かして湯たんぽへ

綿虫飛ぶビッグバンから遥か経て

押入れのジュラ紀辺りに毛布あり
湯に浸るごとく毛布へ這入りけり

令和三年

六十八句

剝くたびに土佐文旦のひかり浴び

葉牡丹はよく水吸ふと活けながら

恵方とは異なる道へ消防車

ブレーカー落ち寒灯の消えにけり

淡雪やヒューヒューと鳴る母の胸

たんぽぽのひかり救急車に母と

悼　守屋道子

母は夜を吹きすさぶ風雪柳

令和三年三月十六日

母子草母葬る日も寄り添うて

母を背負ふかたくりの花歩むべし
あたたかや母の遺せしヤクルト飲む

固まつてたんぽぽは陽の忘れもの

山茱萸のユが言ひたくて三度ほど

花過ぎの真夜中に聞くオンリーユー

米で買ふ飴売の飴あたたかし

潮風のさねさしさがみ蘆芽ぐむ

海光はあたたか花の嫗の碑

鍵和田秞子先生一周忌　四月十七日

逝きて十《と》月《つき》十《とお》日《か》鶯鳴き渡る

今も闊歩か先生と見し庭の蟇

学成らずいつしか消えし種痘痕

あたたかや繭のかたちのまゆ最中

抜参り麻吉の灯を遠く見て

み空より護符のやうなる竹落葉

天竺の袈裟の色とも緑牡丹

一切の街騒を断ち毛虫垂る

目高の子目から生まれて爛々と

虎が雨ハーレーダビッドソン急ぐ

万緑を主賓に迎へ侯爵邸

アフタヌーンティーのスプーン夏館

静物画そのものの皿に枇杷二つ

これはもう打掛である凌霄花

百態の百の蚯蚓を踏むまじく
蝙蝠の色に夕空暮れゆきぬ

羽化できず蟬とも呼べず道半ば

鰻重といふ玉手箱若返る

飛込みの度胸を遠見海の家
水鉄砲いくども父が甦る

敬礼はせぬがごきぶり水葬に

缶蹴りの缶の痛がる晩夏かな

あめつちのこゑのささやくハンモック
当たればもう一本呉れる氷菓嚙む

薬師丸ひろ子暴れる納涼映画かな

旅鰻旅の終りは魂抜けて

花として観る朝のあり南瓜畑

玉入れのストップモーション酔芙蓉

悼　赤堀冨美子さん

にぎはひの引きし安らぎ吾亦紅

令和三年八月八日

草の絮光の国を出て消えし

雨が消す犬の遠吠え敗戦忌

親分に九人の子分鶏頭花

石榴の実ひねれば明かり点りさう

水の星なればの雫桃を剝く

諸掘りの「これは掘り出し物」と父
籠るなどもつてのほかの菊日和

山羊の乳長じて濁り酒を酌み

柿一つづつ熟しては子規のため

葬儀社へ木魚が帰る秋の暮

網鬼灯老残の実の美しき

蓑虫をもてあそぶ風雑草園

澄む秋の柄杓に阿蘇の延命水

眼科医のくまなく覗く我が銀河

ひぐらしを聞かずじまひの秋惜しむ

くろぐろと水漬く刈株神渡し

柝を入れて雨は本降り一の酉

波郷忌と聞く二の酉の裸灯に

掛け捨てのごとき歳月日記買ふ

綿虫と行く何処へでも何処までも

引越しの荷台で泣く子都鳥

葱永く愛されつづけ蕪村の忌

牛鍋や老い先長き子と競ふ

令和四年

I

四十二句

寒卵帝国ホテルシェフが割る

神の意のままに目を置く福笑

日の当たる裸木に来て御籤読む

骰子を地図に転がし旅はじめ

美濃大垣　七句

初旅や雪の伊吹をまのあたり

大垣や雪の舟より雪しづく

一つ目橋二つ目橋と雪深む

輪中越え伊吹颪の洽しや

切干は輪中の里の御恵み

傾ける耳に水都の冬泉

地獄網とや春を待つ美濃の川

春泥や飴を落とせし子が屈む

犬ふぐり大樹の影を輝かす

啓蟄や片足立ちで靴履く子

銭湯に津波起こせし三月来

鷹化して鳩に鳩からサブレーに

負け犬と呼ぶがいいさと恋の猫

杉の花いけないものを見てしまふ

飛花消ゆる増田書店を越えてより

飛花落花わんぱく三人組通る

亀鳴くや捨てしレコードかも知れず

浮きさうな風船売を押さへけり

連れ蝶も巴の蝶も谷戸の風

田まはりの土嚢を破り蘆の角

新しき畝に落花の新しき

のど自慢木五倍子の花が鐘鳴らす

初蛙衰へし耳とり戻す

谷戸愉し杉菜杉菜と呟けば

紫は春惜しむ色御《ぎょ》柳《りゅう》咲く

山樝子の花へ此処ぞと蜜吸ひに

血湧き肉躍る気配の地黄咲く

五欲まだ捨てがたく在り翁草

竹皮を脱ぐ曾良芭蕉草鞋脱ぐ

蓑仮縫ひ柿若葉食べ虫育つ

父・母・子三角に散り磯遊び

浪裏にサーファーも来て北斎忌

早苗饗やきれいに結はふ笹団子

若葉から青葉へ柿の木の自若

みんみんは遠き耳鳴り柚子の忌
先生を連れて白河越ゆる雷

人類のあけぼのの色蓮ひらく

箱庭や源氏平家も来て灯る

令和四年〜五年

Ⅱ

七十四句

あをによし奈良に昼寝の仏たち

蘭の花の向うの人が手を振れる

朱の薔薇に集まる歳を重ねては
風鈴を吊るしに月へ宇宙船

北斎ブルーの海へ樟脳舟出でよ

尺取が引き返すので引き返す

挫けてはならぬと軍歌梅雨に入る

蚕豆を莢ごと焼ける帰心かな

半世紀

三里塚へバスは我等の汗に満ち

炎天の余熱を胸に夜のデモ

日比谷野外演奏肘で打つピアノ

百合紅し造反有理の昔より

涼み舟行き交ふうちに灯の入る

蟻の曳く切れ端赤き菓子袋

鰺フライ土用の丑の日なりけり

夜の秋の一皿の蛸ウインナー

朝涼や木登りの木に花が咲き

待ち伏せて蜻蛉の恋は風に乗り

ヒューズ飛んだなどと死語飛び盆近し

焚き終へし迎へまんどに山雨来る

鉄火味噌炒めの茄子をちちははと

父哲男を知る人は

哲兄《に》いの子だろ呑めねえ訳がない

送り盆蝶とぶ蟬とぶ蜻蛉とぶ

葉山一色海岸　九月四日

海の家解体海の家に乗り

氷旗干しつつ海の家畳む

初月夜草間時彦集を読む

月島の月を愛でたる佃島

ティファニーの角曲がりたる良夜かな

英国の女王薨ることも秋

林檎擂るこころもとなき丹田に

我ながら声よく透る日の葡萄

足場組む柿に頭の触れぬやう

その長き棒負ふ若さ稲架を解く

藁ぼつち支へ合へないほど離れ

秩父　六句

血脈や蔦の紅葉づる壺春堂

混沌に満ち赤《あか》銅《がね》の月昇る

俺も探求派と兜太は言ひき榠樝の実

人買ひも居たらう里の柿熟す

甘食の三つ連なる秋の山

綿虫のあとをゆつくり涅槃坂

つむじ風菜屑も冬の空を舞ひ

動かねば日時計と化す枯蟷螂

十二月八日朝からグレン・ミラー
柚子湯して家に父なき五十年

蜘蛛の子の厠を歩く大旦

春永や触るれば美しき子らの指

三橋敏雄俳句カルタに淑気満つ

トクホンの見えし御慶の盆の窪

餅を待つ掌の半開き老の春

楪と答ふるまでの七、八歩

一月を開いて見せて売る暦

雪女街頭インタビューを受く

雑魚寝せし大原遥か旅始

白息と紫煙浅川マキ遠忌

節分の耳を澄ましぬ遥かへと
古竹を燃やし尽くして冬終る

涅槃図へ猪鹿蝶も馳せ参ず

豆大福買ひに湯島へ梅を観に

体温で乾かす衣西行忌

花の雨花の嫗の碑を照らす

帰らざる河のモンロー花筏

春の雪とんとんとんと落しけり

玉入れの籠のやうなる古巣かな

屋根替を見守る鳶の輪の中に

穴出たる蟇に角帽被せたき

春の蠅止まるとき音止まりけり

富士巡る川にしなやか鱒の影
その中を川は一途や水草生ふ

日本たんぽぽ縄文遺居に火の気あり
今はまだモスラの卵入学す

時を取り戻すかのやうな子の朝寝

先生の手庇に濃き春日かな

いくばくの宇宙の塵も春塵に
梨咲いて無聊の空を輝かす

あとがき

この『旅鰻』は『象潟食堂』に続く第五句集。六十七歳から七十二歳までの五年余りの作品を収めた。句集名は集中の〈旅鰻旅の終りは魂抜けて〉に因る。

令和三年（二〇二一年）に九十七歳の母が永眠した。その前年には恩師の鍵和田秞子先生を失った。母も先生もコロナマスクを最後まで外せなかった。母の死と前後して、身ほとりの御縁ある皆さん方と俳誌「閏」を創刊し、もうすぐ三年になる。この句集は「未来図」時代の句とそれ以降の句を心覚えとして年代順に纏めたものである。

よき仲間に恵まれ、句会では笑いが絶えない。この句集を編むにあたっては多くの句座、多くの方のお力添えがあり、種々の恩恵を受けた。厚く感謝を申し上げる。

守屋明俊

令和五年　仲秋

著者略歴

守屋明俊（もりや・あきとし）

昭和25年12月13日　信州伊那高遠生まれ
昭和61年　「未来図」に入会、鍵和田秞子に師事
平成３年　未来図新人賞受賞
平成11年　未来図編集長
　　　　　第一句集『西日家族』
平成14年　未来図賞受賞
平成16年　第二句集『蓬生』
平成21年　第三句集『日暮れ鳥』
平成26年　『自選守屋明俊句集』
令和元年　第四句集『象潟食堂』
令和２年　鍵和田秞子主宰逝去、「未来図」終刊
　　　　　『鍵和田秞子全句集』編集委員
令和３年　俳誌「閏」創刊・代表　「磁石」同人

俳人協会評議員　日本文藝家協会会員

〒185-0024　東京都国分寺市泉町3-4-1-504

句集　旅鰻　たびうなぎ

二〇二四年一月二八日　初版発行

著　者――守屋明俊

発行人――山岡喜美子

発行所――ふらんす堂

〒182-0002　東京都調布市仙川町一―一五―三八―二F

電　話――〇三（三三二六）九〇六一　FAX〇三（三三二六）六九一九

ホームページ　http://furansudo.com/　E-mail　info@furansudo.com

振　替――〇〇一七〇―一―一八四一七三

装　幀――和　兎

印刷所――日本ハイコム㈱

製本所――㈱松　岳　社

定　価――本体二八〇〇円＋税

ISBN978-4-7814-1617-5　C0092　¥2800E

乱丁・落丁本はお取替えいたします。